풍경의 귓속말

세계를 미분하니 모든 게 순간이 되고
밤하늘에 나타난 별들은
용건만 간단히
저마다 한마디씩 소곤대며 빛나네.
귓속말.

풍경의

귓속말

이만근

나비클럽

나를 줄이면 당신의 환한 바깥

유성용

바람에 흔들리는 나무를 골똘히 바라보고 있자면, 가지나 잎들의 움직임이 그야말로 완벽하다 느껴질 때가 있습니다. 나의 시선으로 어지럽혀지지 않는 우아한 음악 같지요. 하지만 그것은 가끔이고 대개는 '나'라는 투명 유리막 속입니다. 바깥 세계가 눈앞이지만 실은 아무것도 만날 수 없는 세계. 벗어나려 해도 내 의도로는 그곳을 벗어날 수가 없습니다. 어쩌다 유리막 바깥에 서게 돼도 정신을 차려보면 다시 또 유리막 속이지요. 어딘가에 분명 바깥으로 나가는 스위치가 있을 텐데 얼떨결에 내가 그 스위치를 눌렀던 걸까요. 이곳을 샅샅이 살피고, 빠져나가기 직전에 했던 행동들을 꼼꼼하게 반추하고 되풀이해봐도, 유리막 바깥으로 나갔던 방법은 찾지 못합니다. 어쩌면 스위치는 이곳에 있는 것이 아닌 걸까요.

이만근은 계절성 남자입니다. 계절을 따라 걸으며 시간에

4

부딪혀 튕겨 나오는 작은 사건들을 만납니다. 그리고 그것들을 최소한의 글자들로 기록합니다. 소설적으로 엮거나 하지도 않지요. 아니, 그는 엮어내지 못하는 것이 아니라 어쩌면 엮어내지 않으려 애쓰는 것 같습니다. 세상에는 이미 너무 많은 개연성과 의미들이 함부로 넘쳐흐릅니다. "허약한 문장이 어쩌다 빈틈없고 부족함 없는 세상에 호통칠 수 있게 되었을까요. 문장과 세상은 모르는 사이인 게 틀림없습니다." 이렇게 말하는 그는 설명 대신 흩어진 작은 사건들의 귓속말을 듣고 싶어합니다. 언어를 줄이고 '나'를 줄여 여백 가득한 페이지마다 간신히 몇 개의 글자들을 흩어놓습니다. 그 글자들은 아직은 문장이 아니어서, 그래서 도리어 숨에 가까운 소리들입니다. 이 책은 '간신히, 책'이지요. 그도 간신히 사람일지 모릅니다. 조금 더 옅어지면 세상의 중력에서 떨어져 나가버릴지도 모릅니다. 하지만 '간신히 무엇'일 때라야 가장 그것다운 순간임을 그는 잘 아는 듯합니다. 그래서 이만근은 최소한의 사람이고 싶은지 모릅니다. 이미 너무 사람이면 사람이 아니고, 무엇이 충분히 이해됐다면 그 속에는 이해할 아무것도 없지 않던가요.

잠시 밖에 나가보니 밤하늘에 희미하게 눈발이 비치네요. 몇 송이 눈들이 외롭고 깜깜한 우주의 점자들 같습니다.

저 하얀 점들을 이렇게 저렇게 이어보면 삼각형이 되기도 하고 새 모양이 되기도 하고 심지어는 다리 개수가 엄청 많은 문어가 될 수도 있을 겁니다. 하지만 그는 점들을 이어 점자책을 만들기보다는, 이내 사라져버릴 그 점자 하나하나의 체온과 감촉에 집중합니다. 그랬을 뿐인데, 덧씌워진 옷들이 벗겨지고 그 속살이 애잔하네요. 차마 한 근도 되지 않을 때까지 그는 이만근이라는 이름으로 살아갈 것 같습니다. 산은 들판에 우뚝 서 있는 것이 아니라 '세월에 깎이고 깎인 세상의 나머지'라던데, 어쩌면 사람 또한 그렇지 않을까요. 나로 태어나서 끝없는 계절과 계절을 열심히 지나고서야 비로소 나 아닌 그 무엇이 되어서 죽을 수 있지 않을까요. 그는 이렇게 말합니다. "아무것도 되지 못한들 어떤가, 누구나 세월이 되지 않습니까." 무상한 세상의 시간을 허무 없이 체험하고 가겠다는 마음이야말로 우리에게 얼마 남지 않은 희망일지 모릅니다. 그가 귓속말로 일깨우네요.

'나'를 줄이면, 그곳이 바로 당신의 환한 바깥이라고.

들숨

정말 숨을 쉬며 살고 있나요? 숨쉴 틈조차 없어 보여 묻습니다. 우린 자주 숨을 잊어버리지요. 차가운 공기 속으로 퍼져나가는 입김을 보며 그나마 숨을 떠올리곤 합니다. 쓰러진 기둥처럼 기다란 개의 등짝이 크게 들썩일 때 혹은 버스 창에 입김을 불고 별 뜻 없이 발자국을 그리며 숨을 봅니다. 달리기를 하고 나서 가쁜 호흡을 내뱉는 사람 곁에서 숨을 봅니다. 때로는 내뿜는 담배 연기 속에서도 숨을 봅니다. 슬프게도 누군가의 숨이 다했을 때 그제야 보이지 않는 숨을 하염없이 찾기도 하지요.

누군가 뜬금없이 비밀이랍시고 나에게 귓속말을 건넨 적이 있습니다. 누구나 다 아는 이야기 같아 피식 웃었는데, 웃을 일이 아니라며 그가 정색을 했지요. 싱거운 내용이라 한쪽 귀로 흘렸지만, 그때 그의 따뜻한 입김을 느끼며 모든 말들이 곧 숨이라는 것을 알게 되었습니다.

이제 나의 '숨'을 '말'로 전하고 싶습니다. 어쩌면 무수히 많은 말들을 숨으로 돌려놓고 싶은 것일 수도 있습니다. 결국 들숨 혹은 날숨의 귓속말들인데, 길게 내뱉는 한숨처럼 들릴지도 모르겠습니다. 하품처럼 싱거운 말로 들릴 수도 있을 테지요. 그렇다 해도 나의 입김이 당신의 귓바퀴에 가닿으며 건네는 귓속말들은 일상에서 건진 나와 당신의 소중한 숨의 무게를 담고 있을 것입니다. 말의 무게보다 숨의 무게로 당신의 가슴이 먼저 느낄 수 있으면 좋겠습니다.

차례

쉬운 말로만 살고 싶습니다

살아 보니, 어떤 날이었는지 떠오르지 않는 날들이 대부분이더군요.

겨드랑이에 책을 끼고 뒤돌아 떠난 사람과는 달리, 뱃사람은 그동안 겪은 온갖 시행착오부터 말하기 시작했습니다. 수육 만드는 법을 알려준 정육점 주인도 그랬습니다. 살아내야 한다고 말하는 것처럼 들렸습니다.

지하철이 어두운 지하를 빠져나옵니다. 봄 햇살이 들이닥치고 뽀얀 먼지가 허둥지둥 떠다닙니다. 환해진 사이, 맞은편에 앉은 생판 모르는 사람의 눈물이 이제 보입니다. 딱히 시선 둘 곳이 없는 나의 두 눈은 요령껏 사람을 훔쳐봅니다. 나뭇가지처럼 바싹 여윈 얼굴은 어떤 사연도 말해주지 못합니다. 콧물을 훌쩍이며 손수건을 꺼내지만 어떤 사연도 보여주지 않습니다. 이제 곧 캄캄한 지하 터널로 들어갈 터라 나는 조급해집니다. 지하철이 필요 이상으로 속도를 내는 것처럼 느껴집니다. 혼자 걸으며 웃음을 터트리는 사람을 볼 때와는 달리 혼자 우는 사람에게는 꼭 물리적 거리가 아니어도 이렇게 가까이 다가가게 됩니다. 가끔 나이 든 사람의 눈물을 볼 때면 어릴 적 '뚝 그치라'는 소리를 듣고 숨어버렸던 눈물이 마저 떨어지는 것이 아닐까 생각합니다. 그래서 많이 울면 울수록 아이가 건강하게 자라고 있다는 증거라고 생각합니다. 우는 이유는 제각각이고 또 이유 없이 흘리는 눈물도 있지만, 사람의 모든 눈물은 어쩌면 좋아지고 나아지게 만드는 몸의 처방일지 모릅니다. 우는 사람에게 어깨나 가슴 품을 내주며 등을 도닥도닥 두드려주는 것은 눈물을 뚝 그치라는 뜻이 아니라 더 울고 잘 울어서 어서 나으라는 배려입니다. 지하철은 이제 다시 어두운 지하 터널로 들어설 것입니다.

사람은 평생 견딜 수 있는 슬픔을 저마다 가지고 태어납니다. 슬픔에도 그 한도라고 할 수 있는 절대량이 있는 것이죠. 그리고 그 슬픔의 절대량에 따라 수명이 결정됩니다. 슬픔의 한도가 큰 사람은 그만큼 오래 살고 그렇지 못한 사람은 남보다 일찍 세상을 떠나게 됩니다. 가끔 터무니없이 적은 슬픔의 한도를 가지고 태어나는 아이가 있습니다. 그 아이는 아이인 채 저 세상으로 떠나고, 그만큼 더 많아진 슬픔은 남아 있는 사람들이 저마다의 몫으로 떠안게 됩니다. 길을 걷다가 뜬금없이 갑자기 눈물이 흐르기도 하는 이유입니다.

그렇다 해서 슬픔의 한도가 늘어나거나 줄어드는 것은 아닙니다. 슬픔은 내성이 생기지 않고 그저 일정하게 쌓이며 나의 절대량에 가까워질 뿐입니다. 시간은 그렇게 계속 흐르고요.

사기꾼들은 딴 데 놔두고 꼭 호텔 커피숍에서 만나자고
한다니까.

긴 여행 중에 거의 단벌로 생활하다 보면 더 이상 옷의 때는 중요하지 않습니다. 지퍼가 제대로 작동하는지, 단추들은 무사히 달려 있는지를 집중해서 확인하는 버릇이 생기지요. 신뢰를 바탕으로 사용하는 이런 것들이 아슬아슬하고 위태롭게 여겨져 늘 조심스럽습니다.

모국어를 능숙하게 다룰 줄 알게 된 후부터 많은 것들이 가능해졌습니다. 세차게 부는 바람에 맞서 몸의 균형을 잡을 수 있고, 계곡물에 발을 담그지 않고도 흐르는 땀을 식힐 수 있습니다. 시커먼 바닷물에 풍덩 빠져보지 않아도 수심을 가늠할 수 있고, 만선의 기대를 품고 떠나는 고깃배를 바라보며 그 기름값을 계산할 수 있습니다. 뱀을 만져 보지 않아도 비늘의 촉감이 얼마나 불쾌할지 느낄 수 있습니다. 니코틴 함량과는 관계없이 축구 선수에게는 담배를 끊도록 권유해야 한다는 것도 알게 되었습니다. 그리고 라오스 비엔티안에 하나밖에 없는 평양냉면 식당에 들어서기 전 북한 여자 종업원의 미모를 기대하게 되었지요.

나는 남들보다 잠을 많이 자지만 그만큼 죄를 덜 짓고 삽
니다.

두꺼운 법전을 읽다 보면 마음은 오히려 편안해집니다. 날카롭게 직선으로 뻗은 햇살 속에 잡혀 떠다니는 먼지의 개수를 세어 보는 무료함 따위로 부끄러워질 염려가 없어 그런가봅니다. 법전은 세상 온갖 바쁜 일투성이어서 읽다 보면 몸은 고되지만 마음은 편합니다. 이런 아이러니가 또 없습니다.

뭐든 일단 냉장고에 넣으면 안심이 되는 법이죠. 그래서 인지 몇 모금 마시지 않은 우유는 유통기한을 넘긴 채 썩기 일쑤입니다. 오랫동안 열어보지 않던 냉장고에서 괴물이 튀어나올지도 모른다는 공포 때문에 냉장고 문을 열기가 무섭습니다. 내 안에서 죽지 않고 숨죽인 괴물 또한 마찬가지입니다. 냉장고 안은 그 서늘한 온도에 맞춰 기괴한 항상성이 유지됩니다. 차갑게 식었던 나의 무의식이 냉장고 문을 여는 순간 나를 덮칠지도 모릅니다. 뭐든 일단 냉장고에 쑤셔놓고 안심했던 대가인가요, 알 수 없는 미래를 상상하며 두려움이 생기는 까닭 말입니다.

말끝마다 사람들을 웃게 하려고 노력합니다. 하지만 차츰 누군가 말을 걸면 어떻게 웃길까 고민만 하다 끝내 아무 말도 하지 못하는 경우가 많아집니다. 이렇게 나의 말수는 점점 줄어들었고, 어렵게 한마디 꺼내면 내가 먼저 웃어버리는 이상한 습관이 생겼습니다.

엄마가 아파서 매일 슬픕니다. 몹시 숨이 찬 병이라고 했습니다. 혹시 나 때문은 아닌가 눈치를 봅니다. 엄마가 갑자기 죽을지도 모른다고 합니다. 엄마는 늘 누워 있습니다. 그래도 가끔 안심이 될 때가 있습니다. 엄마가 방바닥에 쭈그리고 앉아 발톱을 깎는 동안입니다. 이상하게 그때는 하나도 아프지 않아 보입니다. 그러다 가끔 팔꿈치나 겨드랑이라도 긁으면 귀여워 보이기도 합니다. 엄마를 졸라 발톱 한 줌을 달래야겠습니다. 그 이유를 말해주진 않을 겁니다.

꽈배기처럼 꽉 짜 놓은 걸레에 엄마의 힘이 남아 있었습니다. 집에 돌아와 지친 몸을 씻으려다 욕실 구석에 놓인 그것을 보니 왠지 기운이 났습니다. 엄마는 곤히 잠들어 있습니다. 엄마를 깨워 와락 껴안아주고 싶지만 꾹 참았습니다.

할머니는 현관에서 신발을 벗고 들어올 때 꼭 들어오는 방향으로 가지런히 정돈해서 놓으라고 말씀하십니다. 절대로 신발을 벗어 거꾸로, 즉 집에서 나가는 방향으로 놓지 말라고 잔소리를 하십니다. 잠자는 사이 영혼이 그대로 신발을 신고 나갈 수도 있다고 믿으시기 때문입니다. 앞으로 더 오랫동안 할머니의 마음이 우리 가족을 지켜줄 수 있기를 바랍니다.

영혼은 체취일지도 모릅니다. 간단한 실험. 연인과 서로 코를 막고 키스를 해보십시오. 달콤한 키스는 사라지고 순간, 사랑을 의심하게 될 것입니다. 후각이 뛰어난 개가 허공에 대고 컹컹 짖을 때 한번쯤은 의심해봤을 것입니다. 육체 없이 떠도는 영혼을, 그러니까 귀신을. 한편 냄새가 풍기는 낌새를 분위기라고 하는데, 분위기를 살피면 영혼의 감정 상태를 알아차릴 수 있습니다. 집집마다 가족의 체취가 섞여 만들어내는 고유한 분위기를 떠올려보십시오. 방치된 시체에서 풍기는 악취와 분위기 역시 썩어 문드러진 육체를 두고 떠나지 못해 절규하는 영혼일지도 모릅니다. 영혼은 사람 가장 가까이에서 영혼이기 아주 좋은 상태인 체취로 존재한다고 생각합니다.

오래전 읽었던 마루야마 겐지의 중편소설 『여름의 흐름』을 다시 읽었다며 친구가 찾아왔습니다. 나는 친구를 기다리며 밀란 쿤데라의 『무의미의 축제』를 읽었습니다. 우리는 주거니 받거니 술을 마셨습니다. 짬짬이 밖에 나가 담배를 피우고 돌아오곤 했고요. 내용 있는 대화는 거의 없었습니다. 그때의 공기는 뭐랄까, 엷은 비린내가 좀 났다고 할까요. 집으로 돌아오는 길엔 밤하늘의 별을 보았습니다. 친구도 그 별을 봤다고 휴대 전화 문자로 전했습니다. 독후감을 쓰는 방식은 가지각색입니다.

애인이나 친구가 많다고 떠들어대는 사람이 촌스러워 보입니다. 세계 일주를 자랑하는 말도 마찬가지입니다. 꾸며낸 거 뻔히 보이는 어릴 적 이야기를 조곤조곤 잘도 말하는 사람은 유치하기 짝이 없습니다. 갈수록 비위가 약해집니다. 안 되겠습니다. 버리고 버려 얼마 남지 않았지만 그나마 마음 가는 것들을 한데 모아 밀가루 치고 반죽해야겠습니다. 야무지게 주무르고 메쳐서 굳지 않게 만들어두려고요.

돈이 많고 적음을 따져 사람 가리는 것보다, 하여튼 남의
시간 우습게 여기는 놈들이 가장 싫습니다.

화장실에 간 사이 친구들이 '처음처럼'을 시켜 놓았기에 종업원에게 '참이슬'로 바꿔 달라고 했습니다. 종종 이런 일이 생기는데 특별한 이유는 없습니다. 오늘 술값은 내가 내니까요.

도움을 구하는 사람의 목소리,

창밖의 빗소리

운運의 작용에 서운해하는 사람들이 제법 많다는 것을 알

게 되었습니다.

멋지게 골을 넣고도 멋쩍은 듯 머리를 긁적이는 걸로 세
리머니를 하는 축구 선수도 있었으면 합니다.

사내 체육대회 같은 행사에서는 직급에 관계없이 평소 보기 힘들었던 근육들의 생소한 움직임을 관찰할 수 있어 놀랍고 즐겁습니다.

애초에 문제가 잘못 출제되었다고 인정한다면 실패한 인생을 살았다고 평가받던 많은 사람들이 뒤늦게나마 구제받을 수 있을 텐데.

사람은 배 속에서 나오자마자 소금을 뿌려 절여 놓아야 바로 죽지 않고 세월을 버틸 수 있습니다. 고행苦行의 시작이란 얘기죠.

잠은 최초의 집입니다. 그저 몸뚱이 하나 건사할 수 있는 집도 구하지 못한 이들은 별수 없이 길바닥에서라도 최초의 집으로 돌아가 쉬어야 합니다. 그러니 부디 이들을 깨워 내쫓지 마시기 바랍니다. 이들에게는 단지 운이 없을 뿐입니다.

인간이 믿고 의지할 건 신神뿐,

그건 피차일반일세.

불신지옥不信地獄이라.

어디, 지옥에서 만나기만 해봐.

면허증을 따지 않은 채 십여 년을 운전하며 사는 사람이 있습니다. 운이 좋았던지 여태 검문에 걸린 적이 단 한 번도 없습니다. 운전에 대해서 이론부터 실기까지 제대로 독학했고, 실력도 누구보다 뛰어납니다. 심지어 눈 감고도 웬만한 자동차 설계가 가능하고 정비소에 맡기지 않고도 수리를 척척 해냅니다. 단지 무정부주의자 같은 성정이 면허증을 거부하게 만들었습니다. 그 사람은 무면허이기 때문에 운전할 때는 오로지 운전만 생각합니다. 과속 금지는 물론 온갖 자잘한 교통 법규를 모두 준수하고 음주 운전은 꿈도 꾸지 않습니다. 간혹 상대의 과실로 접촉 사고가 나더라도 너그럽게 관용을 베풉니다. 방어 운전은 언제나 불편하지만 무면허를 방어하기 위해서는 인내해야 합니다. 이렇다 보니 무사고 모범 운전자로 표창을 받아도 부족할 정도가 되었습니다.

무면허는 자격증보다 더 많은 금물禁物로 구속하고 철저한 자기 관리를 요구합니다. 물론 그도 무면허 운전이 범죄라는 사실을 잘 알지만 국가로부터 면허증을 구걸하고 싶지는 않다고 하네요. 매일같이 범죄를 저지른다는 죄책감에 그는 오늘도 자숙하며 운전합니다. 앞으로도 눈에 띄는 어떠한 행동도 하지 않을 것입니다. 모두가 면허를 따서 특별한 운전자로 빵빵댈 때 그는 지극히 평범해져서 누구의 기억에도 남지 않을 것입니다.

친구 녀석이 집 앞 계단에 앉아 꼼짝 않는 고양이에게 먹이를 줬는데도 가던 길 가지 않는다며 어떻게 해야 할지를 물어왔습니다. 다른 친구 녀석은 회사에 노조 설립 움직임이 있는데 사측으로서 어떻게 대응해야 할지를 물어왔습니다.

어느 날 길 위에서 소녀는 창녀가 되었습니다. 소녀의 곁에는 어떻게 해야 할지 물어볼 사람이 아무도 없었습니다.

얼굴이 깨진 아픔이 아니었습니다. 진짜 고통은 그 직전의 짧은 시간에 있었습니다. 돌부리에 걸린 것을 감지했지만 머리와 얼굴이 선두가 되어 속절없이 바닥으로 엎어지던 시간, 무슨 수라도 써야 했는데 꼼짝할 수 없었던 그 찰나의 두려움이 가장 끔찍했습니다. 고꾸라지며 바닥에 얼굴을 부딪치기 직전까지의 그 짧은 순간을 정교하게 미분해보면 고통의 추이를 그래프로 나타낼 수 있을 것입니다. 깨지고 나서 돌이킬 수 없어 포기했던 시간은 그나마 평온했습니다.

누군가의 속마음을 알게 되면 끔찍합니다. 부모 자식 간에도 예외는 없습니다. 속마음을 들키지 않도록 주의하는 것이야말로 사람에 대한 예의를 지키는 일이 되었습니다.

시작도 끝도 없는 지구의 자전과 공전을 가능하게 만드는 힘을 '지구력'이라고 부르지. 끝없이 반복해도 버티고 견디잖아.

소설을 읽으면 시간이 떠나고
시를 읽으면 시간이 돌아와

여태 만나지 못한 걸 보면 내 짝은 아직 태어나지 않았나
봐요.

다짐하듯, '까짓 보이는 게 다.'라고 되뇌어 봅니다.
마음이 약해지면 정말 내 짝이 누구인지 영영 알 수 없게
됩니다.

어떤 분야에서 오랜 시간의 경험을 통해 얻을 수 있는 것은 고작 '평균'일 뿐입니다. 그다지 재미도 없고 흥미롭지도 않은 이야기들만 남는다는 얘깁니다.

길은 길에 연연戀戀하더군요.

왜들 그리 동업자를 자처하며 똘똘 뭉칩니까. 왜들 그리
취해서 어깨동무하며 갑니까. 왜들 그리 나약한 패거리를
만듭니까, 축구도 아닌데. 예술인은 서로 죽여야 같이 삽
니다. 혼자 살기를 도모할수록 공존이 가능합니다. 순응
은 곧 자격 미달을 의미합니다. 예술만이 예술을 찌를 수
있습니다. 질투와 시기와 복수는 예술의 죽음이 아닌 부
활을 당당히 예고합니다.

월드와이드웹(www)을 사용하면서부터 누구든 위치와 상관없이 운동량을 급속도로 늘릴 수 있게 되었습니다. 하지만 동시에 모든 운동의 기초는 위치에 기반을 둔 '폼 form'이라는 사실을 잊게 되었습니다. 운동량의 많고 적음보다는 제대로 폼을 다지는 일이 동시대인의 예술입니다.

예술 감상은 작가라는 지극히 개인적인 한 인간을 이모 저모 뜯어보는 것과 다르지 않아요. 쌍둥이조차 다른 인 간인데, 비슷한 점들을 묶는 것은 그렇게 큰 의미가 없죠. 차이를 드러내며 구분하는 데에 힘을 기울여야 해요, 그 것도 최소 단위로.

문장은 날 때부터 허약합니다. 문장은 "수다스러운"의 뭉스러운? '간사한' 친절한- 다혈질의! 단호한. 소심한……과 같은 여러 문장부호들의 호위와 부축을 받고나서야 겨우 일어나 움직일 수 있는 사물일 뿐입니다. 그런 문장이 어쩌다 이토록 빈틈없고 부족함 없는 세상에 호통을 칠 수 있게 되었을까요. 문장과 세상은 모르는 사이임이 틀림없습니다.

시인詩人이 되고자 하는 사람은 시인에게 속아봐야 시인
이 됩니다.

누군가를 웃길 수 있는 능력은 굉장한 겁니다. 그런데 잘 웃어주는 사람에게는 무슨 일인가 일어날 확률이 높습니다. 잘 웃어주는 사람 앞에서는 누구라도 호랑이 같은 자신감이 생기게 마련이거든요. 자신감이 생기면 우쭐해지고 과감해집니다. 바로 그것이 잘 웃어주는 사람에게 갖가지 사건이 쉽게 일어나는 이유가 됩니다.

수컷이 암컷에게 잘 보이려고 애쓰는 과장되고 이상한 행동을 '지랄'이라 하고, 어떤 여자들에게는 이런 지랄이 예뻐 보입니다.

사랑한다는 말을 듣자,

나는 늙어버렸네.

오랜만에 만난 술자리. 중년이 된 동갑내기 여자 친구가
이모처럼 느껴지는 이유는 뭘까요.

머릿속에는 생각이 흐르는 일정한 노선이 있습니다. 마치 복잡한 지하철 노선도 같습니다. 생각은 내릴 곳을 분명하게 정해 놓고 흐르지만 가끔 정처 없이 순환하기도 합니다. 가장 빠르게 목적지에 도착하기 위해 환승을 하기도 합니다. 이때는 다른 생각들도 한꺼번에 몰려 길을 잃을 수 있으니 주의해야 합니다. 생각이 너무 많아 종점까지 가서야 내리는 경우도 있습니다. 오래된 노선은 비교적 짧습니다. 새로 생긴 노선은 대체로 쾌적합니다. 생각이 자주 흐르는 노선을 벗어나는 일은 드물지만 뜻하지 않게 잊었던 친구를 만나 안부를 물을 수도 있습니다. 어처구니없게도 어디론가 흘러간 생각을 잃어버리는 일이 종종 생기는데, 그래서 각 노선마다 유실물 보관소가 설치되어 있습니다. 스스로 찾아가는 경우는 매우 드물지만요.

생각의 노선은 점에서 시작되었고 지금은 직선과 곡선으로 이루어져 있습니다. 하지만 끊임없이 반복해서 흐르다 보면 언젠가 하나의 덩어리가 되어 머릿속 어딘가를 떠다닐 것입니다. 보십시오, 머릿속에서 일어나는 일은 결코 간단치 않지요. 그래서 가끔은 잘난 척 말고 가슴이 시키는 대로 따라야 할 필요가 있습니다.

가만 보면 나비들은 이미지와는 영 딴판으로 날아다닙니다. 경망스럽고 어지럽다고 할까요. 한마디로 호들갑스럽습니다. 몸집은 가늘고 작은 데 비해 두 쌍의 날개가 너무커서 그럴까요. 번데기 시절 그저 큰 날개를 꿈꿨을 뿐 우아한 비행술엔 관심이 없었나봅니다. 어찌 보면 꿀을 찾아 날아다니는 것이 나비에게는 살기 위한 '일'이므로 함부로 이러쿵저러쿵 해서는 안 될 겁니다. 고단한 일생을 잠시나마 잊기 위한 썻김 같은 몸짓으로 여기며 지켜볼 따름입니다.

어느 화창한 봄날, 창틀 위에 위태롭게 놓였던 적갈색 화분이 골목 위로 떨어졌습니다. 매일 조금씩 햇살 방향으로 뿌리를 꿈틀댔을 뿐인데 이 운동이 그렇게 힘이 셀 줄은 식물도 몰랐습니다. 길 위의 식물은 누가 볼세라, 서둘러 몸을 움직여 화분과 멀어졌습니다. 이젠 화분 속이 아니더라도 심지어 빛이 없어도 살 수 있을 것 같은 자신감이 생겼습니다. 매일 식물을 찾아왔던 나비가 허겁지겁 닐아갑니다. 고사실이라도 하려는 걸까요. 하지만 식물은 그냥 무시했습니다. 식물은 이렇게라도 스스로의 힘으로 유기遺棄되기를 바랐습니다.

화투花鬪라, 캬.

인연 timing

예뻐지기까지 기다릴 시간이 없어 성형수술을 했습니다. 단지 시간이 모자라 그랬습니다. 다들 남은 시간 별로 없잖아요.

아련한 첫사랑도 힘들게 만나면 보험 팔고.

누구라도 담당 변호사와 눈이 맞을 가능성이 큽니다. 나를 위해 거짓말까지 해주니까요. 그렇다면 나의 생명을 구해준 의사와는 어떨까요. 의외로 가능성이 낮습니다. 고맙긴 하지만 어찌 됐든 나는 앞으로 쭉 거짓말을 하며 살아가야 하니까요.

권투 같은 격투기에서 선수들에게 마우스피스를 착용시키는 이유는 치아 손상을 방지하는 것도 있지만, 시합 도중 감정이 격해져 심한 욕이나 자극하는 말이 불쑥 튀어나와 결국 동네 건달이나 양아치들 싸움처럼 변질되는 것을 우려하기 때문입니다. 아무리 속상해도 웅얼웅얼.

어쩌면 우리는 쉴 틈 없이 서로에게 잽jab을 던지고 있는 상태인지 모릅니다. 딱 거기까지, 우리가 고작 바랄 수 있는 평화라고 부를 수 있겠고요.

진보고 보수고, 그저 건강이 최고야.

어떤 이유로든 대가리를 맞대고 말싸움이나 몸싸움을 하고 난 후의 화해란 그저 돌이킬 수 없는 파국에 이르는 과정일 뿐입니다. 결단을 잠시 미루고 마음속에 더욱 강한 투사를 길러 앙갚음을 준비하는 것이지요. 혹은 애써 아픈 상처를 부여잡고 점잖게 안락사를 부탁하는 것일 수도 있고요. 헤어지고 다시 시작한 연인은 언제나 똑같은 이유로 다시 갈라섭니다. 전과 달리 이번에는 아무도 관심을 기울이지 않고 싱겁게 끝날 뿐입니다. 화해는 결국 치명적인 상처를 인정하는 잠깐 동안의 어눌한 제스처이며, 그래서 더 독한 끝이 도사리고 있지만 아무도 관심을 갖지 않습니다. 우리가 봐왔던 모든 해피엔딩은 사실 그것으로 끝이 아닙니다. 한 번의 불친절은 관계에 치명적인 상처를 남기는 법이고, 화해는 힘이 없습니다. 화해되지 않은 진실, 그것만이 살아 꿈틀댈 뿐입니다.

그놈의 진심.

미안, 더 이상 너를 못 보겠어. 내가 너에 대해 뭘 알아버린 거 같아.

사람이라는 말 앞에는 어떤 꾸미는 말도 붙일 필요 없어. 모두 중언부언일 뿐이야. 원래 사람은 우리가 표현할 수 있는 모든 성질과 상태를 한꺼번에 가지고 있거든. 꾸며 봤자 오히려 그 사람을 불명확하게 만드는 거야. 오해를 사기도 하고. 이미 모든 걸 그 사람 스스로 넉넉하게 설명하고 있는데 굳이 왜 그래. 그러니 그냥 사람이라고 표현하면 충분해. 네가 아무리 뭘 갖다 붙여 그 사람 욕해도 네 입만 아픈 거야. 사람새끼, 이 정도로 해두자. 그래도 괜찮아, 사람이잖아.

남에게 책임을 미루는 데 능숙한 사람은 자동차 운전도
잘 못합니다.

수다쟁이나 지적 속물은 누가 묻지 않아도 혼자 떠들어댑니다. 소문을 듣고 그렇게 떠드는 사람들이 하나둘씩 모여 결국 진짜배기 한 사람을 떠나게 만듭니다. 그러면 모두가 진짜배기인 양 따라서 떠납니다. 겨우 남는 건 우리들의 부질없는 이야기들, 소셜네트워크서비스.

약속을 잘 지키는 사람이라는 말은 아무것도 알려주지 못해요. 오히려 지키지 않은 약속들이 그 사람에 대해 더 많은 얘기를 해주는 것 같아요.

뭐든 그냥 하고 나서 그럴듯한 이유를 붙이는 거야. 교과서 중심으로 공부한 티가 너무 나잖아, 저 사람은.

카레맛 똥이 아닌 똥맛 카레 먹은 걸 다행인 줄 알아라.

투정은 이제 그만.

그 사람은 말이죠, 신과 귓속말이라도 주고받고 온 사신처럼 거룩한 사명감을 내세워 개인적 욕망을 포장하고, 먹지 못하는 포도는 시다며 스스로 배고픔을 달랠 줄 아는 합리화에 능란하고, 싸구려 동정심은 바라지도 않는 상대의 주머니 속에 억지로 푼돈을 쑤셔 넣을 줄 아는, 한마디로 대단한 지식인입니다.

꿈도 개꿈 같은 건 꾸는 법이 없는 그 사람은 바닷가에 도착하자 파도를 바라보며 물이 많아 넘친다는 짧은 감상만을 남겼습니다.

"다 바다바다…… 다 바다바다……"

바쁘단 핑계를 다는 사람은 좀 별로입니다. 어차피 자신이 가진 시간의 총량을 모르니 나누면서 살아도 아깝거나 억울하지 않을 텐데요. 시간을 나눈다는 얘기는 결국 시간을 아낀다는 뜻입니다. 누이 좋고 매부 좋단 얘기지요.

손목에 찬 작은 바늘시계로 시간을 확인하는 사람의 시간을 함께하고 싶습니다. 그 시간은 왠지 잔소리를 하지 않을 것 같군요. 시간은 원래 타고난 잔소리꾼이잖습니까.

모든 시간이 그 사람만으로 꽉 찼던 때가 있었어요

이른 아침 사무실. 그녀가 엎지른 커피의 향 때문에 가슴
이 두근거렸습니다.

눈인사 정도로 살짝 아는 척했으니 됐고, 굳이 이어폰을
빼지 말았으면 해. 지금 이대로 네가 듣는 음악 속에 나도
있었으면 하거든.

두 손이 모자라 종이컵을 입에 물고 있는 그 남자가 귀여워 보이기 시작했습니다.

얼굴에 과장이 없네, 버릴 게 하나도 없네.

대낮에도 꺼지지 않은 가로등은 누군가의 들키고 싶지 않은 마음과 닮았습니다.

선글라스를 쓰면 눈동자에 비치는 심상을 숨길 수 있어 근사합니다. 그런데 선글라스를 쓴 사람과 눈싸움하듯 똑바로 눈을 맞추면 먼저 주눅 드는 쪽은 맨눈이 아니라 도리어 선글라스입니다. 망원경으로 날아가는 새를 몰래 따라가던 사냥꾼이 혹여 새와 눈이 마주치면 오히려 더 깜짝 놀라듯 말입니다. 움츠러드는 눈동자도 감출 수 있는 완벽한 선글라스를 쓰고 있는데도 당당하지 못해 고개가 먼저 움찔합니다. 아닌 척하기란 결국 나를 속이는 일이기 때문에 이처럼 힘이 드나봅니다.

노트에 짝사랑하는 그대의 이름과 나의 이름을 아주 가깝게 나란히 적었습니다. 조금 흥분됐고, 앞으로 들키지만 않는다면 꽤 잘한 일 같습니다. 빨대 꽂아 우유를 먹고, 한 움큼 정도의 젖가슴을 만지작거리며 잠이 들고 싶은 밤입니다.

우리의 대화는 너무 빠른 시간 안에 이루어집니다. 이름이 무엇인지, 밥은 먹었는지, 어디에서 뭘 하는지 따위를 묻더라도 제대로 대답하려면 어림잡아 열세 시간 정도는 필요합니다. 뭔가를 물으려면 대답할 수 있는 여지를 담은 넉넉한 시간을 함께 알려줘야 합니다. 더욱 당황스러운 것은 무엇을 물어야 할지조차 모를 때입니다. 대답과 달리 몇 시간 더 주어져도 떠오르지 않을 때가 많습니다. 코앞에 상대를 두고도 해가 바뀔 때까지 대화의 물꼬를 틀 수 있는 질문이 나오지 않을 수도 있습니다. 질문도 대답도 이렇게 어려운데, 준비된 대본조차 갖고 있지 않은데, 그저 말로만 채워진 대화는 빠르게 흘러갑니다. 기껏 사나흘에 한두 번 정도, 그것도 스치듯이 쓸 만한 생각과 말이 떠오르는데도 말입니다. 우리는 대화를 하기 위해 너무 서두릅니다.

몸뚱이 어느 비밀스러운 곳에 눈에 띌 만큼 선명하게 남아 있는 상처나 점은 연민을 부르는 입술입니다. 애무가 제일 먼저 찾아가는 곳이며 그래야만 정치적으로 올바른 행위일 것입니다. 얼굴이나 손등처럼 시선에 노출된 곳에 생긴 상처나 점은 제거되거나 무시되기 쉽습니다. 반면 숨어 있던 상처나 점은 건재하며 부드럽게 사랑에 개입합니다. 감춰진 몸뚱이의 상처나 점은 조금씩, 조금씩 끌려갈 수밖에 없도록 만드는 넛지 nudge 효과를 도모합니다.

눈이 부셔 더 이상 쳐다보기 힘들어 와락 껴안아버렸습니다. 보이지 않게 된 얼굴이 사라질까 두려워 잠시 몸을 떼고 어깨를 잡아 눈을 맞췄습니다. 눈앞에, 진짜, 있구나, 안도감을 느끼며 다시 껴안았습니다. 천천히 부드럽게 좀더 깊숙한 품을 내어 꼭 껴안았습니다.

"어부바."

너와 나 모두 심장이 같은 왼쪽에 있어 마주 보며 모로 누워 잘 수 없기에 나란히 너의 뒤에서, 스푸닝spooning.

나의 비밀은 너와 거리를 만들고 너의 비밀은 나와 거리를 만드니 우리는 접선이 필요해. 나의 비밀은 너를 지배하고 너의 비밀은 나를 지배하니 우리에게는 밀약이 필요해. 어쨌든 우리 둘만의. 청혼이야.

부끄러워하는 데 소질이 있는 남자인데, 그 덕분인지 '백 허그' 하나만큼은 일품입니다.

난 네 허리춤에서 나는 냄새가 좋아.

늦은 밤 병원에서 새어나오는 냄새 같은데 왠지 보호받고

있는 것 같아서 좋아.

"오줌 누고 자."

소화불량으로 하루종일 불쾌하고, 가벼운 자동차 접촉사고가 일어나고, 담합으로 추정되는 기름값 인상 소식도 발표됩니다. 늦가을 때아닌 폭우가 쏟아져 시내 지하철이 서행하고, 식당에서 주문한 비빔밥에 머리카락이 섞여 나옵니다. 가벼운 발목 골절 때문에 태어나서 처음으로 깁스를 하고, 시내 주요 백화점은 연말 세일에 들어가고, 중국에서 최신 휴대전화가 개발됩니다. 프린터 잼은 늘 일어나는 일이고, 엘리베이터 일시 점검으로 계단으로 올라가야만 합니다. 유난히 휴대전화 배터리가 금세 방전되는 날이 있고, 만성 변비는 나아질 기미가 없습니다.

이렇게 사랑을 망치는 것들을 꼽는 일은 언제라도 힘이 듭니다. 사랑을 제 스스로 못살게 굴고도 사람은 떠나버립니다. 가냘프고 무르지만 사랑은 그런 사이에도 계속 남습니다.

사기꾼을 알아보는 유일한 방법은 사기를 당해보는 것뿐
인데, 하물며 사랑은.

그때, 틀어 놓은 음악도 섹스의 일부였습니다.

속옷부터 하나하나 옷을 입습니다. 거꾸로, 입던 옷을 차례차례 벗습니다. 어느 쪽이 더 놀랍고 신비로울까요. 보통 왼쪽에서 오른쪽으로 글씨를 써나가는 것이 자연스러운 것처럼 나체로 되어가는 방향이 더 흥미롭습니다. 애가 타는 나의 손은 전자의 경우 막아내고 후자의 경우 돕습니다. 물론 아주 좋을 때 얘기입니다. 옷을 입는 동안 혹은 벗는 동안 끝까지 참지 못해 어정쩡한 상태로 걸쳐놓을 수도 있습니다. 이것은 오히려 더 좋을 때 얘기입니다. 불화가 있었던 것은 아니지만 이젠 옷을 입는 움직임과 맵시에 더 눈길이 가더군요. 강이 발원하고 짐승이 뛰어놀고 하늘에는 새가 날던 저 아득한 동산에서 처음 만날 때 우리는, 나체였습니다. 도심 한복판 북적이는 거리에서 다시 만날 때 우리는, 태초부터 나의 사람이었음을 알아봤습니다. 어쩌면 지금 그리워하는 것은 가장 가깝게 있었던 시간일지 모릅니다.

"작별을 못하면 이별이 되는 거란다."

우리는 헤어질 때 하는 인사에 좀더 신경을 쓸 필요가 있
습니다

모름지기 여행이란 가족이나 친구, 연인 같은 사람이 곁에 없어도 충분히 즐길 수 있는 곳을 찾는 일입니다.

비행기는 하늘을 나는 커다란 밥차.

나사(NASA)는 값비싼 사진관.

지구 밖에서 지구를 보면 한낱 작은 생각덩어리처럼 보일 뿐이야. 콤플렉스complex.

먼 곳을 바라볼 때 우리는 오래전으로 돌아갑니다. 그래서 가끔 그 먼 곳으로 가보기도 하지만 또다시 떠나온 곳을 그리며 오래전으로 돌아오게 됩니다. 사람들의 이런 우스꽝스러운 습관을 매일매일 관찰해서 기록하는 일을 직업으로 삼은 사람들도 있습니다. 천문학자들이요.

이미 지나간 시간을 등 뒤에 짊어진 채 아직 오지 않은 시간을 힘껏 앞으로 밀어냅니다. 그 사이 보송하게 잘 마른 바람이 살랑이고 포플러는 둥그렇게 넉넉한 그늘을 만듭니다. 어서 계절을 건너야 하는데, 끙끙대며 부대낀 나는 잠시 주저앉아 울먹이고 티 없이 피어난 들꽃은 웃습니다. 겨울은 봄을 무시하고 여름은 가을을 무시하고 또 가을은 겨울을 무시하고 봄은 여름을 무시하고. 계절은 기억도 욕심도 없나봅니다. 계절은 과거도 미래도 없나봅니다. 계절은 냉정해서 시간을 내던져버립니다. 그래서 이토록 찬란한 칠레의 봄처럼, 스스로 계절의 왕위에 오릅니다.

부에노스아이레스의 항구 도시 라 보카La Boca.

지나가던 나그네가 길모퉁이에 자리를 펴자 반도네온의 무겁고 진지한 선율이 어둠을 내리고 스타카토의 격정이 밤을 깨웁니다. 두 개의 변수, 남男과 여女는 어느새 짝을 이뤄 두 손을 잡고 네 개의 무릎은 닿으려다 엇갈림을 반복하며 X축, Y축의 완벽한 형식을 갖춥니다. 네 다리의 가쁜 움직임은 우아하면서도 새침해 보이고 그 사이 집요한 눈맞춤의 순간들은 또렷한 점을 찍으며 함수 공식에 따라 정교하게 분포합니다. 그 점들을 찾아 보이지 않는 선을 죽죽 긋자 탱고의 스텝을 닮은 은밀한 그래프가 비로소 완성되고 남과 여의 무드는 끝내 환하게 비추던 달을 가립니다.

강을 따라서 걷다 보면 강물의 과거와 현재, 미래까지 한 눈에 볼 수 있지.

터미널은 아쉽고 설레고 외롭고 신나고 쓸쓸하고 고단하고, 하여튼 온갖 감정이 복작거리며 바람잡이 노릇을 하는 판이라 소매치기가 많습니다.

상상력의 진가는 두려움의 정도를 말해준다는 데 있다고
생각합니다.

구름과 맞닿은 아찔한 절벽 위에서 납작 엎드려 세상을 내려다봅니다. 잠들어 있는 어느 거대한 짐승의 등짝 위에서 우리는 집 짓고 논매고 밭 갈고 씨 뿌리고 있었다는 것을 순간 깨닫습니다. 놈이 잠에서 깨어 기지개라도 켜면 어쩌나 무섭고 두려워, 숨죽일 수밖에 없습니다.

사막의 한계에 다다르자 바다를 만납니다. 착시겠지. 바다가 온통 사막으로 보입니다. 언젠가 바다는 흔적으로 남을 겁니다. 거칠고 쓸쓸한 소금사막은 그것을 예언하고, 파도는 환기합니다. 바다가 우리를 위해 스스로 불침번을 섭니다. 더이상 주저할 시간이 없습니다. 늦지 않게 바닷속 오아시스를 마련합시다.

하늘을 닮은 바닷속에서 유유히 헤엄쳐 나갔습니다. 펭귄을 닮으면 어때, 사람이 날 수 있는 유일한 방법은 물속에서 헤엄치는 것뿐인데요. 거꾸로 비친 세계에서는 사람도 새처럼 날아다닐 수 있습니다.

여기까지는 괜찮겠지 싶었지만, 파도가 소년의 신발을 적셔버렸습니다. 파도의 좌절을 너무 가볍게 여기며 홀대했던 탓입니다.

달이 뜨고 꽃이 피고 매미가 울고 해가 지고 바람이 불고 비가 내리고 낙엽이 지고 그 위로 눈이 내려앉고. 자연의 변화가 곧 신神의 모습이 아닌가 싶습니다. 그렇다면 신은 성질상 동사動詞. 절대 지치지 않는 자연의 뒷모습을 눈에 담으며 나는 조급해서 따라갑니다. "무궁화 꽃이 피었습니다." 그가 뒤돌아보면 매번 들키는 나는 병신.

혼자서 장거리 여행을 하다 고단하고 외롭고 슬퍼지려 한다면 여행을 하는 수밖에. 여행이라는 액자 속에 담을 소규모 여행을 하는 수밖에. 뒷걸음치다가도 기댈 수 있는 베이스캠프를 만들어 다시 여행을, 하는 수밖에.

두 팔을 벌려 품에 꼭 안는 동안에 그 여자는 어떻게든 작

아지려고 하더군요.

물은 늘 불을 이기니 불이 아예 물 속에 숨어든 게 술이랍니다. 세상에 불붙는 물은 없어도 불붙는 술은 있잖아요. 물과 불은 유용하면서도 한편으로는 재앙을 일으키는 무서운 것들인데, 술은 그 둘을 합쳐 놓은 것이니 더욱 조심해야겠지요. 어쨌든, 당신은 술이 뭐라고 생각하십니까?

혀는 언제 깨물리는가. 대개가 음식을 급히 먹을 때입니다. 사람이 무언가를 먹을 때 특히 입 안에서 일어나는 모습을 살펴보면 재밌습니다. 혀는 이빨 뒤에 움츠리고 있다가 음식이 목구멍으로 넘어가기 전에 잽싸게 맛을 가로채지요. 위태롭지만 맛이란 게 그리 쉽게 얻을 수 있는 것이 아니기에 혀는 늘 숨어서 체력을 다듬습니다.

장비를 우습게 여기지 않습니다. 가령 등산화를 신고 있는 사람과 구두를 신고 있는 사람 중에 선뜻 산을 타겠다고 나서는 쪽은 전자입니다. 등산화를 갖췄으니 당연히 보다 수월할 것입니다. 그 시도는 용기에서 비롯됩니다. 용기를 불어넣어 주는 것이 다름 아닌 장비고요. 비싸고 화려하고 튼튼한 등산복을 차려입은 등산객일수록 험한 산을 타겠다고 용기 있게 나섭니다. 막상 벗겨 놓고 보면 오히려 더 겁쟁이일 확률이 클 수도 있지만요. 장비는 그것까지 들통내지 않고 숨겨주니 하찮게 여길 수가 없는 거지요.

사방이 막힌 작은 방에 갇힌 두 사람은 처음엔 어떻게든 나가려고 빈틈을 찾아 이곳저곳을 샅샅이 훑었지만 결국 소용이 없었습니다. 창과 문이 없는 방에서 낙담하던 그 둘은 어느 순간부터 마주 앉아 서로의 얼굴만을 뚫어져라 쳐다보게 되었습니다. 그 둘에게 다른 세계로 나갈 수 있는 유일한 출구는 상대의 얼굴뿐이었으니까요.

너를 기준 삼아 쫌이라도 멀리 가는 것이 나에게는 곧 여

행. 쫌!

제주 해녀들이 물질을 끝내고 모이는 곳을 '불턱'이라고 합니다. 둥그렇게 돌담을 쌓아 바람을 막고 불을 지펴 놓습니다. 그곳에서 주로 잠수복을 갈아입거나 몸을 녹이며 수다를 즐깁니다. 해녀들만 모이는 아늑한 사랑방 같은 곳이지요. 호스트바 개업을 준비하면서 지친 몸을 추스르고자 제주 여행을 하며 알게 되었습니다. 문득 호스트바 상호를 '불턱'으로 지으면 어떨까 생각했습니다. 일하는 여성을 위한 휴식 공간을 표방하니 말입니다. 아니면 '이어도'는 어떨까요. 입에서 입으로 전해 내려오는 수수께끼 섬, 부녀자들의 이상향, 바로 그 이어도. 제주 바람이 귓속말로 전해준 힌트입니다.

병들어 홀로 죽기보다 호랑이에게 잡아먹혀 죽으면 덜 억울하고 좋을 텐데, 호랑이 허기도 채워주고.

혼자 있기는 사실 아무나 할 수 있는 일이 아닙니다.

지금 처지도 결국엔 내가 사는 동안의 평균값을 구하는
데 들어가는 시간일 뿐인데요, 뭐. 그러니 나는 잘 지내
요, 너무 염려 마요.

나에게도 귓속말을 해주는 사람이 있으면 좋겠습니다

전송된 문서를 뱉어내며 툭 떨어뜨리는 팩스의 성격을 좋아합니다. 돈을 꿀걱 먹거나 돈을 도로 뱉을 때는 자판기에게도 한번 말을 걸어보고 싶어집니다.

여기 밥집은 혼자 오는 손님을 더 잘 챙겨요. 그래도 물은
셀프.

언제나 비대칭일 수밖에 없는 둘 사이 사랑의 감정이나 성격 차이를 그나마 경제적 조건이나 문화적 배경이 보충해주기 때문에 삐걱삐걱 해도 굴러갈 수 있다. 결혼에 대한 생각을 압축해보았습니다.

책은 말이죠, 펼치고 넘기고 덮을 수 있어 좋습니다.

한 권의 책을 다 읽고 나면 당장 누구라도 만나고 싶어집니다.

누군가에게 미안해지는 일이 자주 생기다 보면 어느 때부
터는 그 사람이 싫어져 피하게 되더군요. 참 미안한 일이
지만, 사람은 미안할수록 멀어집니다.

나의 종아리에 대가리를 부비는 어떤 개라도 그렇게 좋더
라고. 고맙다니까.

장난삼아 같이 사는 개를 괴롭히다 보면 어느 순간 이 녀석의 말문이 터질지도 모른다는 이상한 두려움이 생깁니다. 그래서 결코 그 선을 넘지는 않습니다. 아직 마음의 준비가 돼 있지 않거든요.

개의 언어가 덜 발달하게 된 결정적 원인은 바로 사람한
테 있습니다. 예나 지금이나 뭔가 표현하려고 짖을 때마
다 시끄럽다며 주둥이를 막으니까요.

친구는 저녁 무렵 집 앞 계단에 앉아 꼼짝 않는 도둑고양이를 발견했습니다. 하도 예뻐 목덜미를 살살 쓰다듬어 주자 고양이는 길고 거친 혀로 친구의 손등을 핥았습니다. 배고파 보였는지 친구는 집 안으로 들어가 먹이가 될 만한 것을 찾다가 참치 깡통 한 개를 들고 나와 따줬습니다. 눈치를 보던 고양이는 고개를 파묻고 천천히 먹기 시작했고 친구는 딴에 편안하게 먹으라고 자리를 피해 집으로 들어갔습니다. 두 시간쯤 지나 이제 갔겠지 싶어 밖을 살펴보니 고양이는 그 자리에 그대로 앉아 있었고 깡통은 텅 비어 있었습니다. 친구는 얼른 나와 고양이와 눈을 맞추며 이젠 가던 길 가라며 타일렀습니다. 고양이의 두 눈은 두툼한 눈꺼풀이 내려와 가늘게 떨리며 금방이라도 울음을 터뜨릴 듯 애처로워 보였습니다. 말 못하는 동물에게는 허기를 채워주는 것이 최고의 대화라고 생각한 친구는 고양이에게 참치 깡통 한 개를 더 따줬습니다. 고양이는 처음보다 더 게걸스럽게 참치를 먹어 치웠습니다. 빈 깡통을 앞에 두고 입맛을 크게 다신 고양이는 그제야 길쭉하게 기지개를 켜고는 뒤도 돌아보지 않고 어딘가로 유유히 사라졌습니다. 이를 지켜본 친구는 서운한 마음에 나에게 전화를 했더군요. "고양이는 볼일 다 봤나 보지 뭐. 괜찮아, 금방 잊을 거야. 정 떼느라 팁 줬잖아, 참치 두 깡통."

빈 문서에 '커서' 혼자 있습니다. 심심해 보여 점 하나를 찍어줬더니 바짝 다가섭니다. 점을 놓고 좌우로 움직여도 봅니다. 내친 김에 스페이스를 두고 빠르게 앞으로 드리블해 나아갑니다. 빈 문서에 커서 혼자 점을 갖고 드리블하며 놉니다. 잠시 후 방향을 바꿔 거꾸로 드리블해 가려는데 그만 점이 지워져버리고, 커서는 다시 혼자가 됩니다.

도움을 구하는 사람의 목소리,

창밖의 빗소리,

들릴 듯 말 듯.

꿈이란 돈을 예쁘게 부르는 말 아닌가.

남들이 하고 싶은 것까지 뺏지 마요. 이제 욕심 좀 그만 내요.

태평양의 어느 작은 섬에 살던 마법사 용 '퍼프Puff'는 더이상 친구를 만나지 않고 동굴 속에 들어가 대마초만 피우기 시작했습니다. 매일같이 함께 뛰놀고 장난치던 갈색머리 꼬마 친구 '재키Jackie'가 언젠가부터 찾아오지 않았기 때문입니다. 퍼프는 재키를 등에 태우고 바닷물에 닿을 듯 말 듯 아슬아슬하게 날 때 터지는 친구의 웃음소리를 무척 좋아했는데 말입니다. 하지만 친구를 잃었다는 슬픔도 잠시, 곧 오해는 풀렸습니다. 재키의 부모님이 갈매기의 주둥이에 짧은 메모를 물려 퍼프에게 보냈거든요. "퍼프, 너는 영원히 살 수 있지만 그러지 못하는 재키는 어서 커서 어른이 돼야만 한단다." 퍼프는 자신을 떠난 것이 재키의 마음이 아니었음을 알게 되어 다행이라고 생각했지만 여전히 속이 상했습니다. 갈매기를 보내고도 동굴 밖으로 나오지 않았습니다. 어차피 영원히 사는데 지금 당장 나가 친구들을 만나지 않으면 어때, 하며 피우던 대마초를 마저 뻐끔뻐끔 했답니다.

―Puff, the Magic Dragon(by Peter, Paul & Mary)을 들으며

돈을 잘 벌면 안 착해도 될 것 같아 부러워요.

집이 나로 가득 찹니다. 닿으면 잠듭니다. 집과 잡니다.
집사람.

엄마가 죽자 이제 나의 모든 것을 엄마가 지켜볼 것이란 의심이 생겨서 아무것도 마음대로 할 수 없었습니다. 엄마가 귀신이 되었다는 두려움은 나의 아주 가까이에 진짜 엄마를 만들었고, 그래서 더 죽은 엄마를 그리워했습니다.

내 일이 아닌 것만 골라서 잘한다, 그 의미는? 이타심이 넘치도록 강하거나, 나는 심심할 때 능숙하게 하는 짓거리인데 남들은 그 짓을 어정쩡하게 하며 금전적 대가를 받는 생활을 하고 있다거나, 뭐 그런 상황 아닌가요. 그것도 아니면 그냥 실속 없이 오지랖이 넓은 것이겠죠.

집에 도착만 하면 된다, 그러면 모든 일이 끝난다는 생각은 왜 들까?

잠에서 쉽니다.

험담하고 싶은 대상이 있어도 여기에 적절히 맞장구를 쳐 주는 친구가 없다면 무슨 험담할 맛이 있겠어요.

'응.'

드러낸 듯 감추는 대답. 그것으로 끝이지만, 말하는 순간
두 개의 동그라미 지구가 만들어져 두 개의 다른 차원이
나란히 다시 시작됩니다. 끝난 것 같지만 혼란과 무질서
는 무한대로 증가합니다.

요즘 어떻게 지내세요?

바깥출입을 삼가고 있습니다.

나는 지금 자존감이 무척 낮아진 상태라 되도록 사람을

만나지 않으며 지냅니다.

앗, 고드름!

추위가 시간을 사로잡았습니다.

커피 자판기, Sale 95℃

아파트와 달리 한옥은 마당을 둘러싼 기와지붕들이 구획
해준 밤하늘을 소유자의 전용면적으로 넣을 수 있으니 꽤
나 낭만적이면서 실용적이지 않습니까?

하늘을 바라보다 하늘도 좀 쉬고 싶다 할 땐 두 눈만 조용히 감아주면 될 일이지, 자리까지 비켜줄 필요는 없다고 합니다. 하늘 입장에선 당신이 그렇게 눈을 감고 있을 때가 제일 예뻐 보인다고 하네요.

태어나면서부터 앞을 볼 수 없는 그 사람에게는 문장文章
도 하나의 사물事物이었습니다.

시력 검사할 때 실버 스푼 같은 걸로 한쪽 눈을 가리는 모습보다 사람이 더 귀여워 보일 때가 있을까요. 한쪽 눈이 시험을 보는 동안 다른 한쪽이 슬쩍 도와줄까봐 스스로를 감독하고, 둥그스름 패인 홈으로 가려진 눈은 영문 모르는 척 깜박깜박 능청을 떨고 있으니 말입니다.

늦은 오후 벤치에 앉아 사과 한 알을 베어 물며 먼 산을 바라봤습니다. 사과를 다 먹고 자리에서 일어나 두 손을 바지에 쓱쓱 문질렀습니다. 듬성듬성 털 빠진 개 한 마리가 주위를 맴돌며 신음을 내뱉습니다. 앓는 소리를 내며 어슬렁거리니 십중팔구 배고프단 얘기 같습니다. 마땅히 줄 게 없는 나는 그저 안쓰럽게 여기며 등을 쓸어줬습니다. '배고픈 개는 쓰다듬어 준다고 좋아하지 않아', 불평하는 소리가 아주 가까이에서 들려오는 듯했습니다.

목줄을 잡은 주인과 앞서거니 뒤서거니 걸어가는 개가 어딘가를 향해 짖어대지 않는다면, 듬성듬성 깃털 빠진 비둘기가 거무튀튀한 콘크리트 바닥을 쪼아대지 않는다면, 실팍한 살집을 가진 고양이가 주택가 담장 위를 어슬렁거리다 누군가 따 놓은 꽁치 깡통을 발견하고 뛰어내려 혀를 대지 않는다면, 어디선가 나타난 멧돼지가 도심 한복판 현금 지급기 부스를 향해 돌진하지 않는다면, 평일에도 우리는 퇴근 후 일부러 시간을 내어 가까운 동물원을 찾아야 할지 모릅니다. 어쩌면 회식 대신 부장님과 함께 동물원 나들이에 나설 수도 있습니다.

생각은 끙끙대며 생각한다고 되는 게 아니에요. 멍하게 있다 보면 생각이 슬그머니 들어오잖아요. '멍'이라는 덫을 놓고 기다려봐야죠. 나는 생각의 주인이 아니요, 생각은 주인 없는 집에 찾아온 손님이니.

레고를 밟으면 왜 이렇게 아프지.

엄마는 어린 나에게 말씀해주셨습니다. 너의 몸에 달린 그 고추는 쓰다 버린 작은 비누 조각을 모아 뭉쳐 만든 거라고. 그래서 엄마 몰래 손으로 비비고 문대면 닳아서 차츰 작아질 거라고. 불시에 엄마가 검사를 해서 너무 작아졌다 싶으면 떼어내 다른 조각들과 뭉쳐 엄마 말을 잘 듣는 다른 아이에게 줄 거라고. 엄마는 조곤조곤 타이르셨지만 나는 엄마가 무섭고 내가 가여워서 그만 울어버렸습니다.

취직만 된다면 영혼이라도 팔겠어. 아서라, 네 영혼은 사서 뭐하는데. 됐고, 서로 생각들 좀 하고 입을 열자. 어차피 얼마 되지 않는 연봉에 이미 네 영혼 값어치도 포함되어 있다. 회사가 영혼을 빼먹고 계산할 정도로 바보인 줄 아니.

촌스럽게 돌파하지 말고 근사하게 스며들기, 파고들기.

알파벳 정글 'Z'

알파벳 정글을 헤매다 'Z'에 이르자 미끈한 비늘의 긴 뱀 한 마리가 스르륵 쫓아왔습니다. 겁에 질려 술에 취한 사람처럼 지그재그로 달아났습니다. 한참을 쫓기는데 멀찌감치 콧노래를 흥얼거리며 앞서가는 여자의 작은 등이 보였습니다. 낌새를 차린 듯 여자가 획 뒤돌아보자 짐짓 의연한 척 예쁘게 눈을 맞췄습니다. 뱀은 대가리를 좌우로 잽싸게 흔들며 여전히 독기 품은 그대로였습니다. 놀라서 눈을 동그랗게 뜬 여자는 갑자기 나를 타잔이라고 부르며 어서 와 살려달라고 손짓했습니다. 순간 당황했지만 나도 모르게 잎이 무성하게 돋아난 나무줄기를 잡고 달려가 한 팔로 여자의 허리를 감싸 안으며 날아올랐습니다. 겁쟁이였던 내가 타잔처럼 용맹해졌습니다. 공중을 날다가 가까이에서 본 여자의 얼굴은 숨이 막힐 정도로 아름다웠고 허리 감촉마저 황홀했습니다. 여자의 허리춤에서 겨드랑이를 타고 흐른 식은땀이 손에 묻어났고, 놀란 가슴에서는 가쁜 숨소리가 들렸습니다. 좀 더 힘을 주어 여자를 꼭 안은 채 뱀을 따돌릴 수 있을 만큼 먼 곳까지 날아가 부드럽게 착지했습니다. 안도하며 숨을 돌리고 통성명을 하려던 찰나, 어딘가에서 진짜 타잔처럼 생긴 사내가 날 아들었습니다.

알파벳 정글 'Q'

서로 자초지종을 묻고 말할 틈도 없이 누가 타잔인지 언쟁부터 했습니다. 진짜 타잔같이 생긴 사내는 여자가 부르는 외침을 들었지만 알파벳 정글 'Q'에서 멧돼지에 잡아먹힐 뻔했던 다른 여자를 구하느라 좀 늦었다며 도대체 내가 누구냐며 따져 물었습니다. 나는 이렇게 된 마당에 굳이 타잔이 아니라고 말할 필요를 못 느껴 뱀을 따돌리고 여자를 구했으면 됐지 누가 타잔인 게 뭐 중요하냐며 사내를 나무랐습니다. 진짜 타잔같이 생긴 사내는 알파벳 정글에서는 오직 타잔만이 여자를 구할 수 있고 그것이 바로 자신이라며 큰소리쳤습니다. 듣고 있던 여자는 어리둥절해하며 자기는 그저 타잔이 필요했을 뿐 한 번도 타잔을 실제로 본 적은 없다며 싸우지 말라고 다그쳤습니다. 사내의 말대로라면 진짜 타잔이 자리를 비운 사이 가짜 타잔이 진짜 타잔처럼 여자를 구해준 소박한 미담일 뿐입니다. 그런데 오리지널 타잔 행세를 하며 다짜고짜 미담의 주인공을 몰아세우니 오기가 발동했습니다. 물론 여자에게 반하지 않았다면 타잔 아닌 타조가 되더라도 뭐 상관없었을 것입니다. 어쨌든 무슨 공인자격증이 있는 것도 아닌데 진짜 타잔처럼 생겼다고 해서 꼭 진짜 타잔이라는 법은 없지 않나요. 그래서 나는 끝까지 물러나지 않았습니다.

쉽게 말해 한눈팔지 않고 한 사람만 죽을 때까지 사랑하는 것이 미학적인 태도인 것입니다.

가속도가 생기면 그때부터는 어쩔 수 없는 거지, 나 몰라
라 하는 수밖에.

나이 사십에 야단맞는데 뭐가 그리 좋다고 웃음이 나는지, 나도 참.

꽤 긴 시간 컴퓨터로 문서를 작성하다가 잠시 멈추니 화면 속 '커서'도 거친 숨을 고릅니다. 채 식지 않은 열기를 품은 커서를 깨알같이 타이핑해 놓은 글자들 한복판으로 보냅니다. 동서남북 네 개의 화살표 키를 손가락으로 누르는 대로 커서는 띄엄띄엄 정직하게 움직입니다. 스치듯 살짝 글자를 건드리고 띄어 쓴 공간을 건너는 커서를 따라가며 점점 빠르게 손가락을 놀려봅니다. 커서를 놓치지 않으려는 눈동자의 잽싼 움직임 속에 검은 글자의 육체미가 전해집니다. 그 모습에 나는 그만 열이 올라 흥분하고 맙니다.

매일같이 자살을 생각하는 사람도 놀이공원의 낡은 바이킹에 태우면 공포의 비명을 지릅니다.

문신을 하려거든 남의 눈에는 잘 보이는데 정작 나는 잘
보지 못하는 곳에 하십시오. 그래야 질리지 않을 테니까
요. 예컨대 등짝 같은.

비를 뿌려 가볍고 깨끗해진 하늘이 시골길 물웅덩이에 가만히 얼굴을 비춰 봅니다.

넌 그렇게 늙네, 난 어떻게 늙지?

아기는 잘도 잡니다. 하기야 피곤도 하겠죠. 세상에 처음 왔으니까요. 그런데 조금 더 살다 보면 잠이 안 올 겁니다. 뭘 해야 할지 모를 테니까요. 그러니 종일 뛰어 놀기라도 해야 잠을 잡니다. 그러다 더 살다 보면 스르르 잠이 올 때가 많을 겁니다. 하기 싫은 공부를 해야 하니까요. 그것도 잠깐, 어느새 다 자라면 계속 졸립기만 할걸요. 하기 싫은 일도 해야 하니까요. 그런데 막상 노인이 되면 잠이 안 올 겁니다. 역시 뭘 해야 할지 모르니까요. 하고 싶은 건 많았고, 할 수 있는 건 별로 없고, 언제 다시 돌아갈지도 모르니 잠이 오겠습니까. 아기는 잘도 잡니다. 그래요, 많이 자고 건강하게 무럭무럭 성장하기를 바랍니다.

후배와 나란히 걷다가 앞서 나가 후배를 바라보며 뒤로 걷는 선배는 넘어지기 십상입니다. 선배가 어떤 좋은 말을 해줘도 후배의 귀에는 좀처럼 들어오지 않습니다. 후배는 오직 선배가 저러다가 돌부리에 채여 넘어지면 어쩌나 하는 걱정을 하고 있습니다. 후배는 선배의 말을 듣는 척하면서 선배의 뒤를 요령껏 살핍니다. 선배가 후배를 이끄는 듯싶지만 실상은 후배가 선배를 보이지 않게 감싸며 염려하고 있습니다. 산책하는 길에도 선생이 따로 없습니다.

원래 없는데 있는 척하는 것을 이미지라 부르고, 분명 있는데 없는 척하는 것을 무의식이라 부릅니다. 그러니 가끔은 이미지 따위 잊어버리고 무의식을 굽어살피소서.

동갑내기 친구와는 나이가 많고 적음이 없어 더 정직할 수 있죠.

어릴 적엔 몸이 마음을 따라갔는데 이젠 마음이 몸을 따라가더라. 그래서인지 사고는 덜 나는 편이야.

지금 잘나가는 사람치고 왕년에 어렵지 않던 사람 없고, 지금 어려운 사람치고 왕년에 잘나가지 않던 사람 없습니다. 이런 식의 이야기를 사람들 앞에서 목소리 높여 떠드는 행위를 일상의 '정치政治'라고 합니다.

그 많은 메뉴 중에 무조건 상담원 연결 버튼을 누르니, 이제 나는 늙었나봐요.

국어사전을 홀대했어.

이렇게 까불며 살았습니다.

해몽도 하지 못한 채 사라진 꿈들에 둘러싸여 나는 여전
히 살고 있습니다.

수학이 무너질 여지가 있을까?

많은 경우 결론은 배운 대로 비슷하게 흐르기 마련인가 봅니다. 먹고 살아야 하므로.

구구단은 이제 몸의 일부라 할 수 있죠. 생각해서 답이 나오는 게 아닙니다.

아빠가 우리 집 분리수거 담당을 자처했습니다. 사실 아빠는 담배 피우러 나가려고 스스로 분리됩니다.

의사가 암이라고 말하는 순간,

나는 누군가 숨어서 쏜 독화살에 맞은 듯했습니다.

평소에도 그러시더니 염險하는 내내 아버지는 그 누구도 절대로 알 수 없는 사람이 되어 누워 계셨습니다. 중환자실에서 사망선고를 하던 젊은 의사는 처음이었는지 시계를 찾느라 허둥댔습니다. 떨리는 목소리는 아니었는데 말을 더듬었고, 멋쩍었는지 순간 피식 나오는 웃음을 참느라 애쓰는 모습을 들키기도 했습니다. 아버지는 그런 의사에게도 아무런 눈총을 주지 않으셨습니다. 결국 아버지의 힌트는 아무것도 없었던 셈입니다. 그래서 나는 눈물 한 방울 나지 않았고, 아버지에게 끝내 묻지 못하고 싸늘하게 식은 질문만이 외롭게 남았습니다.

말하지 않은 말을 이길 수 있는 말은 없습니다.

선과 악이 대결했던 시대는 끝났고 위선偽善과 악의 대결만이 남았습니다. 이미 오래 전 악이 승리했고 선은 사라졌지만 멸종의 증거는 없습니다. 악은 일부러 선의 죽음을 신고하지 않았습니다. 악은 악을 더 두려워했기 때문입니다. 선이 없다면 악끼리 돌이킬 수 없는 쟁탈전이 일어날 것은 불 보듯 뻔했습니다. 이렇게 악은 악해서 위선을 만들어냈고 대결 쇼를 연출할 뿐입니다. 악이 매수한 위선은 밑천이 약해 금방 들통이 나고 매번 악이 싱겁게 승리하지만 악은 끊이지 않게 대결 구도를 만들어 냈습니다. 그러면서도 악은 어쩌면 있을 수도 있는 위악偽惡의 존재가 늘 꺼림칙했습니다. 사라진 줄 알았던 선이 전열을 갖추는 동안 위악으로 행세할 가능성 때문입니다. 어차피 거짓과 가짜가 판을 벌이고 있는 지금 무엇이라도 의심하지 않을 수 없습니다. 역설적이게도 이런 상상은 아직 선이 존재한다는 희망을 뒷받침하고 악은 점점 두렵습니다. 위선과의 싸움도 지루해진 악은 지치고 고단하고 쓸쓸합니다. 선과 악의 대결로 순수했던 그 시대를 떠올리며 선을 그리워하기까지 합니다. 악은 이렇게 자멸합니다. 승자의 저주는 이토록 잔인해.

늙으면 예술 아님 종교. 늙어서 돈 많으면 예술을, 돈 없으면 종교를 찾게 됩니다.

먼지와 소음 없이 한 건물이 설 수 있겠나. 아무리 가림막을 튼튼하게 설치해도 그뿐. 먼지와 소음은 늘 건설업자의 목숨 주위를 떠돌지.

좀 과장해서 말하자면, 인생의 절반은 술 마시는 데 쓰고,
나머지 절반은 술 깨는 데 쓴 듯.

사람을 많이 만나며 산다는 얘기는 고생하며 살고 있다는 뜻이기도 합니다.

사진에 우리 모두가 담길 수는 없었습니다. 누군가 한 명은 사진을 찍어야 했습니다. 하필 그 사람이 사진을 찍겠다며 나서는 바람에 그 사람만 쏙 빠진 단체사진이 됩니다. 평소 동료들 앞에 잘 나서지 않던 사람이었는데 얼른 앞으로 나가 카메라를 집었습니다. 그이의 얼굴을 반쯤 가린 카메라 렌즈를 보며 포즈를 잡은 피사체는 나와 동료들이었지만, 정작 사진을 찍는 그 사람의 마지막 모습이 나의 가슴에 뚜렷한 상像으로 맺혔습니다.

외로울 때는 활짝, 기지개를 켭니다.

아침에 눈 뜨자마자 건넨 한마디로 우리 둘 다 한바탕 웃으며 하루를 시작했으면 좋겠습니다.

아무것도 되지 못한들 어떤가, 누구나 세월이 되지 않습
니까.

부록 - 라오스는 라오스일 뿐

밖에서 얻어맞고 들어왔는데 집엔 아무도 없어.

처음 온 타국에서 얼핏 잠든 새벽녘 끊이지 않던 개 짖는
소리는 나를 향한 것이었나.

혼자 해외에 머물면서 일을 하고 나면 피로해지기보다 먼저 쓸쓸해집니다. 여행과는 좀 다르지요.

산은 세상의 나머지일지 모릅니다. 깎이고 파헤쳐져 작아진 채로 한구석에서 불안을 감내하는 나머지. 차고 넘쳐서 버려야 할 것이 아닌 위태롭게 살아남은 덩어리. 산 정상에 올라 바라보는 풍경은 그래서, 이미 죽어 없어진 세상입니다. 지금 동시대를 함께 살며 뿌리를 살리려는 유일한 품, 그것은 산이며, 산은 유언처럼 남아 있습니다.

열아홉 살 라오스 처녀는 한국에도 안개가 끼곤 하는지를 물었습니다.

어딘가에서 자주 콧노래가 들려옵니다.

어차피 인사말도 안부를 묻는 것이니 다른 나라 말을 처음 배울 때는 모든 의문사부터 깨우쳐야 합니다. 낯선 곳에서는 당연히 모르는 것투성이일 테니 알고 싶거든 먼저 묻는 법을 배워두는 것이 바람직합니다.

라오스 말을 배운 뒤 다급하게 처음으로 현지인과 나눈
대화.

"화장실에 휴지가 없어요."

"없던가요, 자 여기 있어요."

"아, 고마워요."

"뭘요, 아니에요."

인도차이나 반도의 내륙국가 라오스의 글자는 개울에서
물장구치는 어린아이들을 닮았습니다.

한국에서는 평범했던 나에게도 라오스에 와서 살다 보니 별명이 생겼습니다. '마카우', 그러니까 라오스 말로 하얀 개, 백구 뭐 그런 뜻. 상대적으로 피부가 하얗다고 해서 라오스 사람들이 나를 그렇게 부르기 시작했습니다.

라오스 사람들은 헤어질 때 이렇게 인사합니다.

"우리, 새로 보자."

낯선 제3의 사람이 나타나면, 가까운 사이지만 거리를 좀 뒀던 사람에게 부쩍 다가서게 됩니다.

경제 활동의 부산물 중 하나가 바로 전쟁입니다.

매일같이 술을 퍼붓는 사람이 있고, 그걸 쫓아다니며 좀 적당히 마시라고 걱정해주는 사람이 있어 그래도 세월은 흘러갑니다.

우리는 살면서 적어도 일 년에 한 번쯤은 우연하게라도
생일 축하 노래를 들을 필요가 있습니다.

사랑의 도움을 받지 않은 섹스는 쓸쓸할 뿐이라고.

섹스 말고 웃고 싶어.

세상사람 모두를 만나 한마디씩 듣고 받아 적으면 그것이 곧 세계의 문학이 될 것입니다. 작가의 상상력은 바로 이런 불가능성을 그럴듯하게 뛰어넘는 재주라고 할 수 있습니다.

등짐 많은 사람이라 뒤돌아볼 겨를이 없어.

보통 밀어서 여는 문 뒤에 숨기가 좋아서 라오스 귀신은 문을 밀고 들어가는 방에 있는 걸 좋아합니다. 인기척이라도 들리면 재빨리 열리는 문 뒤에 몸을 감추기만 하면 됩니다. 이런 사실을 잘 아는 건축업자는 귀신을 내쫓기 위해서 당겨서 여는 문을 설계하고 시공합니다. 감각이 둔하고 순발력이 떨어지는 귀신은 갑자기 들이닥친 사람과 마주치고는 놀라 달아나기 마련입니다. 라오스 사람들이 그들의 언어로 이런 귀신 이야기를 할 때 제대로 알아들을 수 있으면 좋겠습니다.

여행길에서 만난 연인은 오래가지 못합니다.

절정에서 시작했기 때문입니다.

우리의 인생은 꽤나 부풀려져 표현되곤 합니다. 술에 취하면 끊임없이 반복하는 왕년에 관한 얘기에 더 취하는 촌부만 봐도 알 수 있습니다. 말의 유용성은 일면 과장할 수 있다는 데에 있을지 모릅니다. 희망이라는 말도 그런 속성에 기생하는 것은 아닐까, 또는 널리 알려진 유명 인사의 삶은 실제와 얼마나 차이가 있을까를 의심해봅니다. 기름기 쏙 뺀 담백한 인생을 있는 그대로 표현하기는 이미 틀렸습니다. 다만 거짓말이라고 단정하기에는 애틋해서 분위기 깨기 싫은, 공공연한 과장의 언어에 둘러싸여 그저 살아갈 뿐입니다.

세계 어느 곳에서든 어떤 사건이 발생했을 때 제일 먼저
나서 온갖 호들갑을 떠는 사람들이 모인 곳, CNN.

냉정을 찾고 잠시만이라도 스스로의 마음이 어떻게 움직이는지 살펴본다면 우리가 함께 사는 이 세상에 왜 전쟁이 끊이지 않는지 수긍할 수 있을 것입니다.

"니 맛도 내 맛도 아이다."

한국에서도 들어보지 못한 경상도 사투리를 라오스에서 처음 들었습니다. 이곳은 이제 한국도 라오스도 아닙니다.

잘못 넣었다가 달라붙어 버려서 다시 뺄 수 없을지도 모른다는 불안감, 혹시 없는지요.

내일은 사십여 명 넘게 함께 일하는 라오스 현지인 월급 날입니다. 아직 구분조차 어려운 이곳 지폐 몇십 다발을 침대 위에 펼쳐 놓고 우리 돈 십 원 단위까지 모두 다른 월급 액수를 확인한 후 이름이 적힌 흰 봉투에 담습니다. 피곤에 찌든 밤늦은 시간에 계수기 없이 일일이 손으로 지폐를 세는데, 한 시간 남짓 꼬박 그러고 있으려니 지치는 건 둘째치고 눈이 맵고 따갑고 목이 칼칼해집니다. 이는 마치 출판한 지 수십 년이 지난 고서를 한참 동안 들춰 읽으면 쉽게 피로해지는 현상과 같습니다. 언제 어디에서나 돈은 상상을 넘는 빠른 속도로 돌고 돌며 손때를 다시 사람의 손에 묻힙니다. 나는 자정이 넘어서야 손에 묻은 돈의 때를 씻어냅니다.

쓸쓸함을 달래는 냄새가 필요해.

그러니까 바람둥이, 라오스어로 '콘 라이 짜이'는 '마음
(사랑)이 많은 사람'이라는 뜻. 동네 처자들 모두 피한다
는 천하의 바람둥이를 어쩜 이렇게나 너그럽고 귀엽게 일
컬을 수 있단 말입니까.

외국에 있으면 굳이 멋있어 보이지 않아도 된다는 마음이
나를 후련하게 만듭니다.

어디에서 왔는지 물어도 대답하지 않고
인생 체크인.
어디로 가는지 물어도 역시 대답하지 않고
체크아웃.

한 숙소에 오래 머물다 보면 종업원들과 편안한 신뢰가 쌓이게 되는데 멀지도 가깝지도 않은 딱 그 정도의 정情이 사람의 기분을 좋게 만드는 듯합니다. 아침에 일어나 눈이 마주치면 굳이 말문을 열거나 고개를 숙이거나 손을 흔드는 인사까지 필요 없이 씨익 미소 지으면 그만입니다.

사랑보단, 우정에 기대어 살았던 것 같습니다.

사십 넘은 총각의 구차한 변명.

어딘들 어떻습니까, 다만 사랑하는 사람이 있는 곳에서
사는 것이죠.

지구에게 인간이라는 존재가 과연 필요할까요? 혹시 어느 외계에 인지 능력을 가진 생명체가 있다면 지구에게는 안됐지만 인간이 아직 지구에 머물고 있어 참으로 다행이라고 여기지는 않을까요? 그래서 틈만 나면 밖으로 기어 나오려는 인간을 다시 꾹 밀어넣고 있는 건 아닐까 싶은데, 어쩌면 그 힘을 중력이랄 수도.

결국 우린 보이는 세계에서만 겉돌았던 거야.

자연의 무표정이야말로 떠나는 자에게 진정 필요한 배려
이자 위대한 약속입니다.

눈이 혹은 비가 '내린다'는 말보다는 '온다'는 말이 더 듣기에 좋습니다. 내가 여기 있어야 할 이유를 살짝이나마 알려주는 것 같아 그렇습니다.

날숨

글은 길을 닮습니다.

길은 길을 잃지 않으려 길을 잘 따라갑니다. 길은 길과 떨어지는 걸 두려워합니다. 길은 길을 떠나기 싫어 아예 모두 길로 만듭니다.

어떤 길을 밟습니다. 그런데 곧장 앞으로만 나아가지 않습니다. 훌쩍 뛰어넘고 끊기고 샛길로 빠지고 미로에 갇힙니다. 한참을 헤맨 끝에 넓은 빈터를 만납니다. 아무것도 없는데 길을 내지 못합니다. 아니, 더 이상 길에 연연할 필요가 없어 보입니다. 도리 없이 어슬렁거리는데 불쑥 내 마음속 풍경이 다가와 귓속말을 건넵니다.

"말이 너무 많았어요. 딱 여기까지만."

순간 의기소침하지만 이내 목소리가 아닌 숨소리가 들려옵니다. 그 사이 얻은 것, 잃은 것 하나 없습니다. 그저 여린 숨이 살도록 침묵으로 돕습니다.

길은 글을 닮습니다.

풍경의 귓속말

개정판 1쇄 펴냄 2020년 3월 9일

지은이 이만근
발행인 이영은
편집인 김현경
디자인 여상우
제작 제이오

펴낸곳 나비클럽
출판등록 2017. 7. 4. 제25100-2017-0000054호
주소 서울특별시 마포구 동교로22길 49 2층
전화 070-7722-3751 팩스 02-6008-3745
메일 nabiclub17@gmail.com
홈페이지 www.nabiclub.net

ISBN 979-11-962216-9-0 03810

이 도서의 국립중앙도서관 출판예정도서목록(CIP)은 서지정보유통지원시스템
홈페이지(http://seoji.nl.go.kr)와 국가자료공동목록시스템(http://www.nl.go.kr/kolisnet)에서
이용하실 수 있습니다.(CIP제어번호: CIP2020002300)